ことばあそび・はやくちことば

小沢千恵詩集

あのこ

下田昌克 絵

銀の鈴文庫

もくじ

がまん

がまんしなさい　がまんしろ
いもうとなかすな　にいさんだろと
なんでもかんでも　がまんがまん
あかんぼうのいもうとなきやまず
あたまがんがん
からだじゅう
かっかかっかとふっとうし

おへそがガチャガチャゆをわかす
がまん　がまん　がまんと・・・
じゅもんじっかい　ああしんど
やっとありつく　にこにこじるしの
がまんごージュースだよ

あのこ

あのこがあいつににこっとわらい
あのこがあいつのTシャツを
うんうんうんうんとひっぱって
あいつが
とんとんとんとんまのあっかんべぇー
あいつがにげて
あのこがあいつをおいかけて

あのこがあいつをつかまえて
ふたーりそろって
くるんとまるめて
だんごむし

さんにんきょうだい

いちろう　じろう　さぶろう
さんにんきょうだいが
さんにんそろってバスにのり
しちめんちょうをだっこして
きっぷは
うしろ　うしろ　うしろのひとだよと
こえをそろえて　いうものだから

よにんめのおじさん
めをしろくろさせてしらんかお
まんいんバスのしゃしょうさん
とうとうきくのも
しちめんどうくさくて
バスは　はっしゃオーライ
はしりだしていったとさ

二人三脚《きゃく》

二人三脚といいうけれど
二人ではしればあし4ほん
四人ではしればあし8ぽん
五人でかたくめばあし10ぽん
いちにいさんし　いちにっさん
いちにいあああ・・・あしこけた
10ぽんあしが

そろってそろわずああ・・・こけた
ぐしゃりとまがった10ぽんあしが
もいちどふんばりたちあがり
いちにいさんし　さざんがよんと
かたくんでうでくんで
こけたらあかんこけたらあかん
こけずにはしれ五人でほいほい
あしをあわせる10ぽんあしで
ゴールイン

ねこ

くろねこしろねこきじゃらねこ
おおねこちゅうねこここねこたち
みんながよなかにねこかいぎ
にゃあーにゃおーぎゃあにゃー
にゃーにゃーおん
よなかのやみよに
ほしのかずほどひかるめに

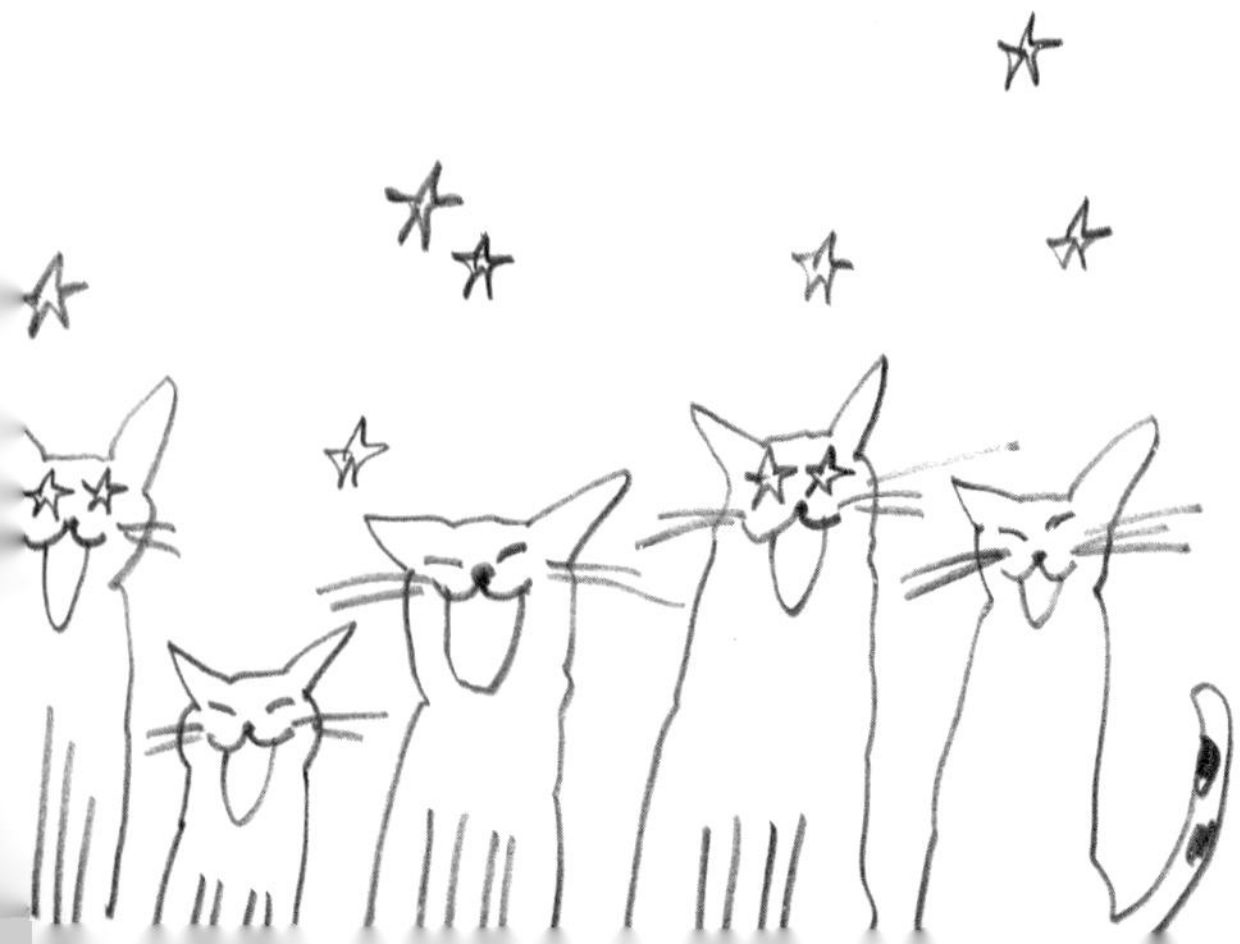

にかいでねていた
おじさんとうとうおこりだし
うるさいねこどもはよかえれー
ねこねこねこのこねこのねこ
なまえもしらないねこたちの
ひみつのねこかいぎ
ねむねむまちのうらどおり
にゃーおおん！

せみ

みんみんぜみせみせみせみが
みんなそろってみんみんみん
みんみんみんといっせいに
きのうえはせみのがっこう　だいがっしょう
ちびぜみちゅうぜみおおぜみせんせい
みんなみんなおおさわぎ

いるか

すいぞくかんのすいそうで
おおきないるかと　ちいさないるか
せっかちいるかと　のんびりいるか
るいるいるいと
とんだりはねたりもぐったり
なかよししよかとおいかけて
いるいるいるかの　よこおよぎ

みずとひかりのわのなかで
おおなみなみのりざぶりんこ
こなみさざなみかくれんぼ
あかるいおひさまかがやいて

るいるいるいの　おおきないるか
いるいるいるの　ちいさないるか
まよまよまろの　のんびりいるか
ぴちぴちちぴぺの　せっかちいるか
なかよしなかよし　なかまたち

にじ

あめあがり　にじににじがでて
にじにじにじににじだよと
まちじゅうにじでおおさわぎ
にかいのまどからとうさんが
にじになったよとさけんだら
にじかいそうかい　でかけよう
むかいののんきなおにいさん

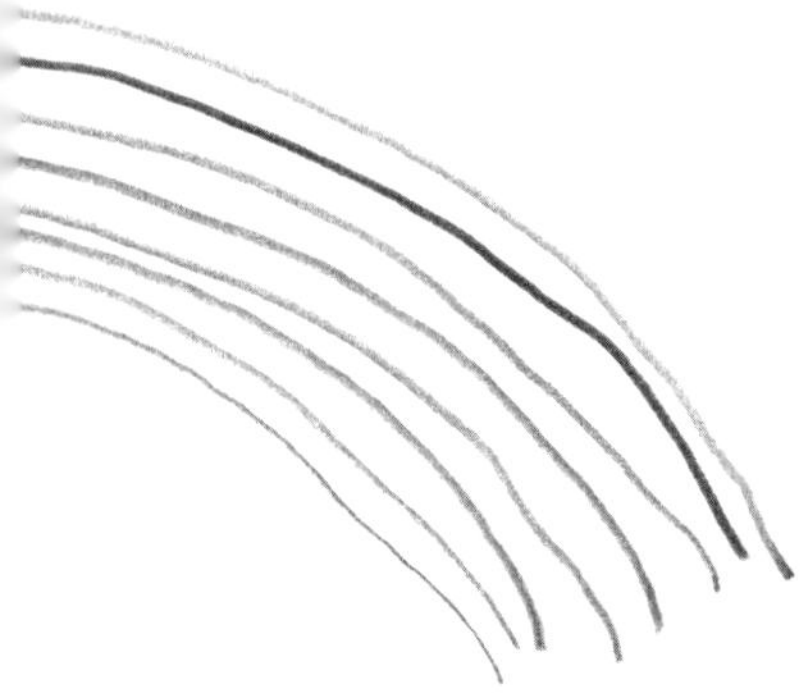

きょうはかのじょとまちあわせ
にこにこにっこりほほえんで
にじいろのまちへ　とんでった

ヤカンのゆ

シュッ　シュッ
シュッ　シュウー
ジュウ　ジュウ
ジュウー　ジュワー
ジュゴ　ジュゴー
ジョッ　ジョツーン
ジュオー　ジュオン　ジュゴオンー

グラッ　グラッ
グラッ　グワーン
パタ　パタ
パタッ　パタッ
パターン　ジュ　ジューッ

ゆーわいたよー

ばすのうんてんしゅ

みなみまちから　きたまちへ
ばすははしるよ　はっしゃおーらい
1ちょうめは　みぎにまがります
2ちょうめは　ひだりにまがって
3ちょうめは　まがりかどのまつたけ
　　　　　　うどんやのまえ
4ちょうめは　ななめにはしり

郵便はがき

恐れいりますが
切手をお貼りください

248-0017

神奈川県鎌倉市佐助 1-10-22

㈱ 銀の鈴社

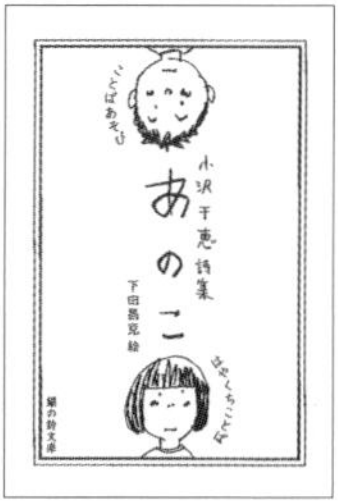

『あのこ』

担当 行

下記個人情報につきましては、お客様のご意見・ご要望への回答ならびに銀の鈴社書籍・サービス向上のために活用させていただきます。なお、頂きました情報につきましては、個人情報保護法に基づく弊社プライバシーポリシーを遵守のうえ、厳重にお取り扱い致します。

ふりがな	お誕生日
お名前 （男・女）	年　　月　　日
ご住所　（〒　　　　　　　　）　TEL	
E-mail	

☆ **この本をどうしてお知りになりましたか？**（□に✓をしてください）

□ 書店で　□ ネットで　□ 新聞、雑誌で（掲載誌名：　　　　　　　　）

□ 知人から　□ 著者から　□ その他（　　　　　　　　）

★ Amazonでご購入のお客様へ　おねがい★

本書レビューをお願いいたします。

読み終わった今の新鮮な気持ちが多くの人たちに伝わりますように。

ご愛読いただきまして、ありがとうございます

今後の参考と出版の励みとさせていただきます。
（著者へも転送します）

◆ 本書へのご意見・ご感想をお聞かせください

◆ 著者：小沢千恵さんへのメッセージをお願いいたします

※お寄せいただいたご感想はお名前を伏せて本のカタログやホームページ上で使わせていただくことがございます。予めご了承ください。

▼ご希望に✓してください。資料をお送りいたします。▼

□本のカタログ　□野の花アートカタログ　□個人出版　□ 詩・絵画作品の応募要項

ゲラを先読みした 読者の方々から

「本のたんじょうに たちあおう」

～ 好きな作品と感じたこと ～

・詩「ヤカンのゆ」

音だけなのに、情景が目に浮かんで、読んでいるだけで、あせってしまう臨場感があります。最後の一行もいい。

（谷口奈津子）

詩「あかいみ」

ひよどりの登場がいいな。その関係が、この詩の中で完結されず、来年につながるところが好きでした。

（大塚直子）

詩「にちよう大工」

身体の動作に合わせてなる音の表現と共に夢中に打ち付けられた物置小屋。「でぐちがわからん！　おーい　あけてくれ！」とは大笑いでした。

（市来紀代子）

※上記は寄せられた感想の一部です※

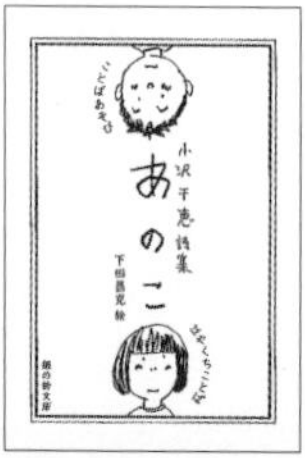

小沢千恵 詩集

『あのこ』

銀の鈴社刊

5ちょうめは　のぼりざか
6ちょうめは　くだりざかじょこううんてん
7ちょうめは　Uターンではしりぬけ
8ちょうめは　やおやのすじむかいに
とまります
9ちょうめは　きゅうきゅうびょういんまえで
10ちょうめは　しゅうてんきたのまち
やっとついたところは　きたまちタウンの10ちょうめ
うんてんしゅは　いつものなれたことよと
くんだりょうてをうーんとのばしてしんこきゅう
おつかれさーん

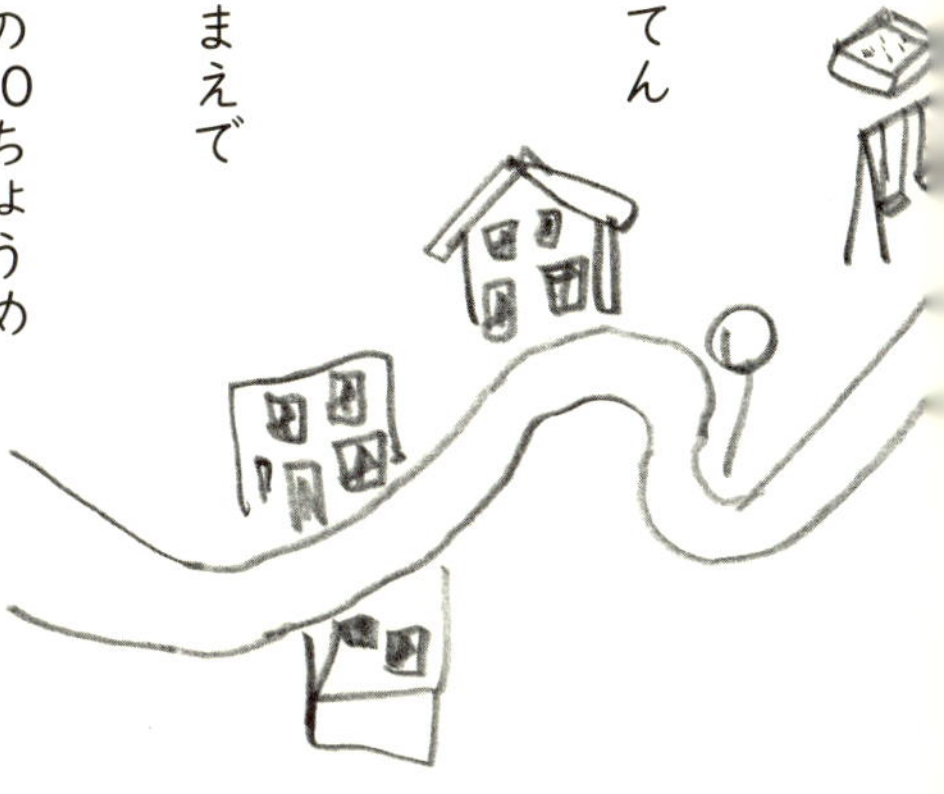

にちよう大工

のんきなとうさんにちよう大工
ものおきごやの　しゅうぜんだ
トントントン
りょうてをあげて　トントントントン
あしあげて　トンテンカン
しりあげて　トンテンドン
うしろをむいて　ドンドンドンドン

みぎひだり　トントンカンカン
とってもちょうしのいいおとに
トントンカンカンチンチンチン
のんきなとうさん
トントントンッ　トントントンットント
できあがり　まっくらやみの
ふしぎなふしあなから
ひかりがながれ
ひかりのみちをみとれているうちに
ものおきごやの　でぐちがわからん！
おーい　あけてくれ！

あかいみ

かきねにそって　さきそろう
まんりょう　せんりょう　やぶこうじ
ひよどりがとんできて
あかいみだいすき　たべほうだい
あっというまに
あかいみ　みえなくなって
にんじゃひよどりとんでいき

らいねんのはる
むこうのはやしで
まんりょうせんりょうやぶこうじ
はながいちめんさくだろう
にんじゃひよどり
あかいみだいすき　とんでった

あとがき

私は子どもの笑顔が大好きです。目をキラキラ輝かせて笑っている子どもに出会うと、私の心まで明るく元気になってきます。

この社会の中で生きていく日々は、大変なことが多く、悲しいこと、苦しいことがあります。でもそんなことには負けないで、元気はつらつ大きな声で笑えるような楽しい詩を書きたいと思っていました。この本を、組《クラス》のみなさんで声をそろえて楽しく朗読したり合唱したりして、力強く生きて欲しいと思っています。

そして、この本にすばらしい楽しい絵を描いてくださった下田昌克様と、快く出版してくださいました銀の鈴社の西野真由美様に心より感謝申し上げます。

二〇一八年一月

小沢 千恵

著者略歴

小沢《おざわ》 千恵《ちえ》

本名　轟千恵(とどろきちえ)
1940年　中国黒龍江省に生まれる
日本童話会(後藤楢根)に学び、その後、詩作に転向する

詩集：『つるばら』(らくだ出版)、『君が好きだよ』『ちりん』(花神社)、『八朔の風』(詩画工房)
エッセイ集：『黄色い花』(詩歌文学刊行社)、『とどちゃん・コーヒー飲む?』(成巧社)
共著：『愛と平和の物語』(日本標準)、CD『猪本隆 語り歌曲集・悲歌』(音楽之友社)、『子どもに伝えたい戦争と平和の詩100』(たんぽぽ出版)、『現代少年詩集』(教育出版センター)、『子どものための少年詩集』(銀の鈴社)、ほか

2014年　第17回日本自費出版文化賞入選
所属　日本児童文学者協会、少年詩・童謡・詩論研究会、こだま同人、日中国際絵画交友会会員

下田《しもだ》 昌克《まさかつ》

1967年兵庫県生まれ。1994年から1996年まで世界を旅行。現地で出会った人々のポートレイトを描く。この旅の絵と日記をまとめた「PRIVATE WORLD」(山と渓谷社)をはじめ、「ヒマラヤの下インドの上」(河出書房新社)など著書多数。近著に谷川俊太郎さんとの絵本「あーん」(クレヨンハウス)、「ぶたラッパ」(そうえんしゃ)。自ら布を縫って制作した恐竜に、谷川俊太郎さんが詩を書き、藤代冥砂さんが写真を撮った「恐竜人間」(PARCO出版)。「恐竜がいた」(恐竜制作 絵/下田昌克 詩／谷川俊太郎 スイッチパブリッシング)。

NDC726・911
神奈川　銀の鈴社　2018
32頁 148mm（あのこ）

あのこ　銀の鈴文庫

NDC726・911　32頁 148㎜×105㎜

2018年2月14日　初版発行　　定価：本体1,000円＋税

著　者　小沢千恵Ⓒ・絵：下田昌克Ⓒ
デザイン　株式会社キープオンデザイン
竹内謙太郎
http://www.keepondesign.co.jp
発行者　柴崎聡・西野真由美
発　行　銀の鈴社　〒248-0017 神奈川県鎌倉市佐助1-10-22佐助庵
TEL0467-61-1930　FAX0467-61-1931
http://www.ginsuzu.com　info@ginsuzu.com

Printed in Japan ISBN978-4-86618-035-9 C8092